푸른사상
창작 한시선

강물은 흐르고

川流

이재혁 한시집

푸른사상
PRUNSASANG

푸른사상 창작 한시선

강물은 흐르고 川流

인쇄 · 2017년 10월 30일 | 발행 · 2017년 11월 5일

지은이 · 이재혁
펴낸이 · 한봉숙
펴낸곳 · 푸른사상사

편집 · 지순이, 김수란 | 마케팅 · 김두천, 이영섭
등록 · 1999년 7월 8일 제2-2876호
주소 · 경기도 파주시 회동길 337-16(서패동 470-6) 푸른사상사
대표전화 · 031) 955-9111(2) | 팩시밀리 · 031) 955-9114
이메일 · prun21c@nmail.net
홈페이지 · http://www.prun21c.com

ⓒ 이재혁, 2017

ISBN 979-11-308-1223-6   03810

값 10,000원

강물은 흐르고

川流

川流不息，淵澄取映

강물은 흐르매 쉼이 없고, 연못은 맑아 비치네.

—「千字文」

제1부 詠景

제2부 詠人

제3부 詠志

■ 작가의 말

제1부

詠景

春風

日色捫檐暖

梅吹竊掛稍

憑欄待君久

今始此心敲

봄바람

햇빛이 처마를 쓰다듬어 따스한데
매화가 불어와 살며시 가지 끝에 걸리네.
난간에 기대어 그대 기다린 지 오래건만
이제야 이 마음 두드리는구려.

白梅吟

延頸已久東風歸

吐握歡待前庭臨

四圍山稜寒未去

花色滿庭春情深

繞繞暗香實可醉

何有風郎不君欽

搖曳妖妖白影紛

月光幽幽相和沉

佳時須臾百草亂

一旦將行何處尋

忽來忽去花魁道

留人戀戀空自吟

흰 매화를 노래하다

목을 빼고 기다린 지 이미 오래인데 봄바람이 돌아오니

하던 일 내던지고 기쁘게 맞이하려 앞뜰을 내다보네.

사방의 산등성이에는 한기가 아직 가시지 않았건만

화색(花色)이 정원을 가득 채워 춘정(春情)이 깊었어라.

감겨오는 은근한 향기 실로 취할 만하니

풍류를 아는 사내라면 누가 그대를 흠모하지 않으리오.

흔들리며 나부끼는 것이 어여쁘니 흰 그림자 분분하고

달빛이 그윽하니 서로 조화로워 젖어드네.

허나 아름다운 때는 순간이라 온갖 초목이 어지러이 나오니

하루아침에 떠나가면 어디에서 찾으련가.

문득 오고 문득 떠나는 것이 화괴(花魁)의 도(道)*

남은 이가 미련이 많아 공연히 스스로 읊는구나.

---

* 花魁 : 꽃들의 으뜸. 매화는 여러 꽃들보다 먼저 피므로 매화를 花魁라
  칭한다.

暹羅之珠

役慮長千夜

暹羅暫請閑

夏天一年繼

夷地五光斑

玉浪連滋岸

錦沙環繞灣

揚旗迎碧宇

擊棹背塵寰

對酒橫詩槊

敲舷唱燕環

玄螭蜿艇底

驄馬疾濤間

漁父常期泊

騷人已忘還

滿帆流蕩蕩

雲外見三山

섬라의 진주*

마음을 수고롭게 하기를 기나긴 천 일의 밤
섬라에서 잠시 한가로움을 청하려네.
여름날은 일 년 내내 이어지고
이족의 땅은 오색 빛으로 아롱져 있구나.
옥빛 물결이 연신 물가 언덕을 적시고
비단 모래가 만을 빙 두르고 있는데,
깃발을 높이 드날려 푸른 하늘 맞이하고
노를 저어 나가 먼지 낀 세상을 뒤로한다.
술을 마주하여 호기를 떨치고
뱃전을 두드리면서 미인을 노래하는데,
검은 용이 배 밑바닥에서 꿈틀대고
총마가 파도 사이를 내닫는 듯하는구나.
어부는 줄곧 정박할 것을 기약하지만
시인은 이미 돌아갈 것을 잊었다네.
바람 가득한 돛배 거침없이 흘러가니
구름 저편으로 신선산이 보이는구나.

* 暹羅는 태국의 옛 이름이며, 섬라의 진주는 푸켓을 가리킨다.

武侯祠

丞相離千載

忠情滿廟庭

鳳翔陳義士

虎踞拜君靈

一奉桃園夢

終成五丈星

但遺無主表

萬古發清馨

무후사

승상이 떠난 지 수천 년이 되었건만
충성스런 마음이 묘정을 가득 채우고 있구나.
봉이 날아오르는 듯 의사들이 늘어서 있고
호랑이가 웅크리듯 임금의 영을 모시고 있네.
한결같이 도원의 꿈을 받들었건마는
끝내 오장원의 별이 되었구나.
다만 주인 없는 표문이 남아
만고토록 맑은 향기 발하고 있네.

三義廟

蒼蒼桃樹圍古廟

忽醉枝枝豪俠馨

人去情留迎老友

千年春夢暫休停

삼의묘*

푸르른 복숭아나무들 오랜 사당을 에워싸고 있는데

문득 취하노니 가지마다 호협의 향기로구나.

사람은 떠났어도 정은 남아 오랜 벗을 맞이해주니

천년의 봄꿈 속에서 잠시 쉬어가려네.

* 三義廟 : 중국 삼국시대의 유비, 관우, 장비를 모신 사당.

九寨天堂

玲瓏五彩含寒鏡

忽接天邊落萬霆

水色山音心裏繡

不知仙語竟難形

지상의 천당, 구채구

반짝이는 다섯 빛깔 차가운 거울 안에 담겨 있는데
홀연 하늘가에 닿아 만 갈래 우레가 되어 떨어지네.
물의 빛과 산의 소리 마음속에 수놓는데
신선의 말 알지 못하니 끝내 그려내기 어렵구나.

峨眉山清音平湖飲酒感懷

山中造物施玉庭

鏡水瀜瀜映綠汀

朗朗蟬吟染薄酒

千金豈足此青冥

아미산의 청음평호에서 술을 마시며

산중에 조화옹이 신선의 정원을 펼쳐놓았나
거울 같은 물 널리 펼쳐져 초록빛 물가 비치네.
낭랑한 매미 소리 싸구려 술을 물들여놓으니
어찌 천금인들 이 깊은 푸르름을 사기에 족하랴.

峨眉金頂

山頂遇細雨

淫濛蓋淨宮

白象列玉階

佛頭浮半空

凝雲從風散

疊嶂連起雄

驚歎仰金像

忽藏神霧中

아미산의 금정사

산 정상에서 가는 비를 만나니

뿌옇게 사찰을 덮어주는구나.

흰 코끼리들이 옥 계단을 따라 죽 늘어서 있더라니

불상의 머리가 허공에 떠 있네.

짙은 구름이 바람 따라 흩어지니

겹겹이 쌓인 산봉우리 연달이 일어나 웅장하구나.

놀라고 감탄하며 금빛 불상을 올려다보니

홀연히 신비한 안개 속에 숨어드네.

瑤池

萬片雲彩棧道連

始回一隅羊腸陳

冒嶮入境非人間

九重疊嶂禁玉宸

千井天水萬華鏡

百里黃巖列龍鱗

方遇雷雨騰空時

何不攀援離俗塵

신선의 연못*

만 조각의 구름 속으로 잔도 이어지고

한 굽이를 마침내 돌았나 했더니 구절양장이 펼쳐지는구나.

험난함을 무릅쓰고 경내에 들어서니 인간 세상이 아니요,

아홉 겹의 가파른 산속에 감춰진 하늘의 궁궐일세.

천의 못에 담긴 하늘 물은 천변만화하는 거울이요,

백 리에 이어지는 누런 바위들은 늘어선 용의 비늘이로구나.

마침 뇌우를 만나 용이 하늘로 오늘 때이니

어찌 이에 매달려 먼지 낀 속세로부터 떠나지 아니하리오.

* 이 시는 중국 사천성 황룡(黃龍)을 유람하고 쓴 시이다.

贈蜀地親朋

古來川蜀天府國

物產人心皆豐盈

老少麻將忘日落

巷陌醉興不夜城

一面如舊勸枝煙

美酒三杯呼弟兄

萬里他鄉語不解

朗朗笑聲足傳情

촉 땅의 친지와 벗들에게

예로부터 천촉은 하늘이 내린 부유한 나라이니
물산과 인심이 모두 풍요롭구나.
노인 아이 모두 마작에 해 떨어지는 것도 잊고
거리마다의 취흥 일어 도시에는 밤이 오지 않네.
처음 본 사이에도 오랜 벗과 같이 담배 한 대 권하고
향기로운 술 석 잔이면 형 아우가 되는구나.
만 리 밖 타향이라 말은 서로 알아듣지 못하지만
맑은 웃음소리면 정을 전하기에 족하다네.

無名草

夜雨過陵生月暈

露珠玲瓏草色微

幽綠欲出雲未去

何時黎明誇芳菲

이름 없는 풀

밤비가 산언덕을 지나가고 달무리 생겨나니
이슬방울 영롱한데 풀색이 희미하게 비치네.
그윽한 녹빛 드러내려 하다가도 구름이 아직 가지 않았으니
언제야 새벽 맞아 그 향기를 마음껏 자랑할 때가 올는지.

過金光石街作

從來耳熟一支情

隱隱弦琴動客心

牆上笑容猶寂寞

不知小巷只蟬吟

김광석 길을 지나며 쓰다

예전부터 귀에 익었던 한 갈래 정

은은한 현을 뜯는 소리 나그네 마음을 동하게 하네.

담장 위의 웃는 얼굴 오히려 쓸쓸한데

어느새 작은 골목에는 매미 울음소리뿐이로구나.

望岳

冠嶽居十年

始將臨四圍

花雨飛色靜

春山坐言稀

賞中閨人情

馳上過芳菲

頂巖瞰蟠龍

天外風雲歸

산을 보며 쓰다

관악에 머무른 지 십 년인데

이제야 비로소 산에 올라 사방을 내려다볼까 하였네.

꽃비 휘날리매 그 색이 깨끗하고

봄날의 산 자리 잡고 앉아 말이 없구나.

이를 감상하고 있자니 규방의 부인 같은 마음이 일어

내달려 올라가 뭇 향기를 뒤로하네.

정상의 바위에 올라 용이 서린 듯한 산맥을 내려다보자니

하늘 밖으로부터 풍운이 돌아오는구나.

盛夏紫霞

玄淵含綠漾

垂柳日光斜

造物許天地

萬類成休嘉

一身衰枯枝

百慮如亂麻

舉頭滿目蒼

白雲泛泛遐

한여름날의 자하연

깊은 연못 녹빛을 머금어 일렁이고
늘어진 버드나무에 햇살 비껴드네.
조물주가 천지를 허여하시어
만물이 상서로운 아름다움을 이루었구나.
이 한 몸뚱이만 쇠한 것이 마른 나뭇가지요
온갖 심려는 마치 뒤엉킨 삼 가닥과 같네.
고개 드니 푸르른 하늘이 눈을 가득 채우는데
흰 구름은 흘러 흘러 멀어지는구나.

登黃山

五嶽含萬彩

對黃何比肩

九龍蟠地軸

翡翠染天邊

雲海千頃漾

蓮華百嶁緣

不知無一物

彼我調和全

황산에 올라

오악이 만 가지 빛깔을 머금고 있다 하나

황산에야 어찌 어깨를 나란히 하리.

구룡폭포는 지축을 휘감고

비췻빛 계곡물은 하늘가를 물들이네.

구름바다에는 천 이랑의 물결 일렁이고

연화봉은 백의 산봉우리와 이어지네.

어느새인지 일물(一物)은 사라지니

물아의 조화가 온전하구나.

落櫻

青風日色生
悠見滿空英
無辯又無顧
紛霏志士情

떨어지는 벚꽃잎

푸르른 바람에 햇빛이 생기로운데

아득히 보이나니 하늘을 가득 채운 꽃잎이로구나.

말없이 또 돌아보지도 않으니

분분히 흩날리는 지사의 마음이로다.

感秋

九重連開破

西風四境充

金絲斜玉沼

紅繡滿蒼空

菊色無分醉

蟬聲不覺窮

誰稱時化返

白露日無同

가을

아홉 겹 하늘이 연달아 열려
서풍이 사방을 가득 채웠구나.
버들가지는 옥빛 연못에 비끼고
붉게 놓은 수는 창공에 가득하네.
국화 빛에 정신없이 취하노라니
매미 소리는 어느새인지 다하였구나.
누가 때의 변화는 돌고 도는 것이라 말하느냐
가을날의 이슬조차 나날이 같은 것이 없다네.

而立之年於陋室觀雪有感

冬景無一動

雪花閑叩檐

茫然懷過跡

肩上又衫添

서른 살이 되는 해 집에서 눈을 보며 쓰다

겨울날의 경치 움직임 하나 없는데

눈꽃만 한가로이 처마를 두드리네.

가만히 지나온 자취를 떠올리더니

어깨 위에 다시 옷 한 벌을 더하네.

落葉有懷

昔詠夏景綠

今覺秋水幽

光陰眞過客

其命片舟浮

聊象落木飄

誰能知所由

蕭蕭無定處

日萎不期留

轉落竟游泥

忘斷與雲儔

舉目徒追跡

西風起悠悠

應此吸碧空

可笑我淺謀

神思依天開

形骸歸地休

丈夫志無邊

腐儒寄辭憂

낙엽을 보고는 느낀 바를 쓰다

엊그제 읊기를 여름날의 경치가 녹빛이라 하였는데
오늘 깨닫거니 가을물이 그윽하구나.
시간은 진실로 지나쳐가는 나그네요
그 명운은 조각배와 같이 떠가는 것.
그럭저럭 나뭇잎 떨어져 휘날리는 것을 닮았으니
어디로부터 왔는지 누가 알 수 있으리오.
사락사락 흩날리며 정처 없더라니
날로 시들어가 머무를 날을 기약할 수 없네.
굴러떨어져 끝내 진흙 속에 빠지게 되니
구름과 짝하였던 것은 아주 잊었구나.
눈을 들어 공연히 지난 자취를 쫓나니
가을바람 길게 일어나네.
이에 응하여 푸른 하늘 들이마시니
스스로의 얕은 생각이 실로 우습구나.
정신은 하늘에 의지하여 열리고
육체는 땅으로 돌아가 쉬는 것.
장부의 뜻은 끝 간 데 없으니
썩은 선비들이나 글귀에 기대어 근심하리라.

觀松有懷

松心守常綠

蕭艾笑針黃

幹萎根無處

何用怨曝陽

소나무를 보고 느낀 바를 쓰다

소나무의 심지는 언제나 푸르름을 지키고 있건마는
쑥조차 그 잎이 누렇게 된 것을 비웃는구나.
줄기가 마르고 뿌리는 자리 잡지 못한 탓이니
내리쬐는 태양을 원망할 것이 무엇이랴.

天灾怨

古來川蜀處處佳

九寨山水爲逸儕

千瀑落落伸金帳

五彩層層成玉階

不料仙谷變黃泉

砂礫泥水接天涯

誰言人去山河在

遺人眼裏唯殘骸

하늘이 내린 재앙을 원망하며

예로부터 사천의 땅은 곳곳이 아름다웠는데

구채구의 산수는 여럿 중에서도 으뜸이라네.

천 갈래 폭포 쉼 없이 떨어지니 아름다운 휘장 펼쳐지고

다섯 빛깔 층층이 쌓여 옥 계단을 이루었지.

어찌 알았으랴, 신선의 계곡이 황천으로 변해버리고

쪼개진 돌덩이와 흙탕물이 하늘 끝까지 이어지게 될 줄이야.

사람은 떠나도 산하는 남으리라고 누가 말하느냐.

남은 이들 눈에 보이는 것이라곤 무너진 잔해뿐인 것을.

제2부

詠人

赤壁群英會

真宰時時犯天則

列宿一落長江濤

仰仰短歌橫冰槊

炎炎赤壁映錦袍

飄揚旌旗今安在

一支東風自蕭騷

烏鵲亂鳴飲何醉

蘇子紙上空矜豪

적벽의 군영회

조물주가 때때로 하늘의 법칙을 깨뜨리니

온갖 별들이 한꺼번에 장강의 파도 위로 떨어졌구나.

드높은 소리의 단가행, 서늘한 창을 가로 잡았고

타오르는 적벽 비단 전포에 비치는구나.

바람 따라 요동치던 기치들 지금은 어디런가.

한 가닥 동풍 절로 애처롭네.

까막까치만 어지러이 울어대니 마셔댄들 어찌 취하랴마는

소 선생은 종이 위에서 공연히 호기 부리는구나.

千里走單騎

春秋忠信滿胸膽

萬丈英風垂美鬚

相府厚恩連日宴

桃園重義孤雲趨

錦袍永送霸王度

金印高懸豪俠途

匹馬單刀破千里

佳名世世赤心濡

일기필마로 천 리를 내달리다

춘추의 충성과 신의 가슴과 담을 가득 채우고
만 길로 뻗은 영웅의 풍모 아름다운 수염 드리우네.
승상의 은혜 두터워 매일같이 잔치이건만
도원의 의리가 무거우니 외로운 구름을 좇는구나.
비단 전포로 길이 전송하니 패왕의 도량이요
황금 인수 높이 걸어놓았으니 호협의 길이로다.
한 필의 말, 한 자루 장도로 천 리를 돌파하니
아름다운 명성 대대로 전해져 붉은 마음 적시네.

和陶神釋

陶潛古徵士

煩志不覺著

意歸竟歸去

多辯有何故

筆端畫田景

片心與世附

固握六經義

空達三玄語

君名千古潔

眞情失依處

腐儒時斷取

自慰不安住

形本非屬心

喜怒無復數

影徒隨其形

善愛豈能具

도연명의 「신석(神釋)」에 화운(和韻)하여 쓰다

도잠은 옛적의 징사로되

고뇌하는 마음이 저도 모르게 드러나네.

돌아가고자 하여 끝내 돌아갔거늘

말이 많은 것은 무엇 때문인고.

붓끝으로는 전원의 경치를 그려내어도

마음 한 조각은 세상과 붙어 있었기 때문이지.

육경의 뜻을 굳게 쥐고 있으면서

삼현의 말에 공연히 통달하였구나.

그대 이름 천고의 세월에 고결하나

참 마음은 기댈 곳을 잃었다네.

썩은 선비들이나 때때로 단장취의하여

안주하지 못함을 스스로 위로할 뿐.

육체란 본디 마음에 속한 것이 아니니

기쁘고 슬픈 것은 다시 따질 것이 없고

그림자는 다만 그 육체를 따를 뿐이니

선함이건 인애이건 어찌 갖출 수 있으리오.

只神獨傲然

自稱三才譽

不知唯有神

百慮不脫去

生言還生我

鎖鏈實警懼

出此游大化

別有何所慮

다만 정신이 홀로 오만하여

삼재(三才)의 명예를 스스로 칭하는데

오로지 정신이 있어

온갖 근심에서 빠져나오지 못함은 모르네.

말을 낳고 다시 자아를 낳으니

사슬과 같이 이어짐이 실로 놀랍고도 두렵구나.

여기서 벗어나 큰 변화 안에서 노닐게 된다면

달리 근심할 것이 무엇이랴.

秋日憶荊卿

古來士爲知己死

太子厚恩長謝灘

孤影茫茫天際寂

西風瑟瑟易波寒

書生達識何知俠

劍客豪心不納安

枝體裂分墳亦沒

筑中慷慨永年彈

가을날 형가를 추억하며

고래로 선비는 알아주는 이를 위해 죽는 법

태자의 은혜 두터우니 영영 강변을 떠나가네.

홀로 가는 그림자 저 멀리 아득하니 하늘가가 쓸쓸하고

서쪽 바람 횅하니 부는데 역수의 물결이 차구나.

서생이 식견이 넓다 한들 어찌 협을 알 수 있으랴

검객의 호매한 마음에는 편안함을 들이지 않는다네.

사지는 찢겨 흩어지고 무덤조차 없건마는

축 타는 소리에 맺힌 강개는 길이길이 연주되네.

霍嫖姚短命有懷

太平難立志

胡笛請英雄

蹄轂轟荒土

旌旗繡朔風

南山狼虎滅

北海乾坤窮

懷滿千人氣

夭年萬歲同

곽거병의 짧은 명운에 대하여

태평한 시절에는 뜻을 세우기 어려우니
오랑캐 피리 소리가 영웅을 부르는구나.
말발굽 수레바퀴 황야를 진동시키고
여러 기치들이 북풍에 수놓네.
기련산에서 범과 늑대의 무리를 멸하였고
북해에 다다르니 하늘과 땅마저 다하였네.
가슴 가득 천 명의 기개를 품었으니
짧은 인생이 만 년과도 같구나.

送友

知音萬世連

壯志結因緣

伍胥共平越

嫖姚從斬單

忽知前氣散

難拒老交遷

不是無情去

遊居已未全

벗들을 보내며

지음은 만세에 이어지는 것이니
장한 뜻이 인연을 맺어준다네.
오자서와 더불어 월나라를 평정하고
곽거병을 따라 선우를 베었었지.
홀연 깨닫기를 예전의 기개는 흩어져버렸으니
오랜 사귐이 떠나가는 것을 막기가 어렵구나.
무정하여 떠난 것이 아니라
노닐며 머물던 곳이 이미 온전치 못해서라네.

讀韓愈詩

師言我賦似韓子
三讀遂知非異倫
受任從天氣可壯
知音沒影嘆還頻
悽悽暗淚垂鴻翰
沸沸丹心染驥呻
逆志千年答謳寄
人交不外遊其神

한유의 시를 읽고

선생님께서 내 시가 한유와 닮았다 하셨는데

여러 번 읽고 나서야 비로소 다른 유가 아님을 알겠더라.

대임을 받아 천의를 따르려니 기개가 씩씩할 만한데

지기는 찾을 길이 없으니 탄식이 오히려 잦네.

쓸쓸히 감춘 눈물 기러기 깃에 드리웠고

들끓는 붉은 마음 천리마의 신음을 물들였다.

그 뜻을 되짚어 나가기를 천년, 답하는 노래를 부치노니

사람의 사귐은 그 신(神)과 노니는 것 밖에 있지 않구나.

於濟州喜結連理

日色綠南島

海風開天際

眞宰榮新道

萬象滿發麗

乃承億劫緣

還立百老誓

溫情染佳約

長久繼今惠

제주도에서 혼인하며

햇빛은 남쪽 섬을 초록빛으로 물들이고
바닷바람은 하늘가를 활짝 열어놓았구나.
조물주가 새로운 길을 영화롭게 하시니
만상이 모두 피어나 어여쁘도다.
이에 억겁의 인연을 이어
다시 백년해로의 맹서를 세우노니
따스한 정으로 아름다운 약속을 물들여
길이 이날의 은혜를 이어가리.

鸞鳳之理

木根常立地

風走忽橫天

相樂能盡性

豈空爭快堅

부부의 도리

나무는 뿌리를 내려 언제나 땅 위에 서 있고

바람은 내달려 별안간 하늘을 가로지른다.

서로 즐기노라면 각자의 본성을 다할 수 있을진대

어찌 공연히 빠름과 견고함을 다투리오.

人與花

梅雪孤高節

群英鬥艷紅

雲泥情趣別

地下亂根同

사람과 꽃

눈같이 깨끗한 매화 홀로 고상한 절개 품었는데

뭇 꽃들은 화려한 붉은빛을 다투는구나.

구름과 진흙처럼 그 정취는 다르나

땅 아래에 뿌리가 어지러운 것은 같다네.

제3부

詠志

一劍一生

鐵鎚鍊刃寒光利

烈火鎔陶壯氣充

四海縱橫托生死

萬人當敵決雌雄

沙場遠去還勞心

奎閣高揭豈立功

一拔虹蜺終不見

無期鞘裏鏽斑紅

하나의 검, 하나의 생

쇠망치로 벼려낸 칼날 차가운 빛이 날카롭고
세찬 불길로 달궈내어 씩씩한 기운 가득하네.
사해를 종횡하매 생사를 맡기고
만인을 대적하여 자웅을 겨루노라.
전장을 멀리 떠나 오히려 마음이 고달프니
서재에 높이 걸려 어찌 공을 이루리오.
한 번 **뽑**으면 그려내던 무지갯빛 끝내 보이지 않고
기약도 없이 칼집 안에 꽂혀 녹 자국만 붉게 아롱지네.

逍遙

鋒棱飄遙世無雙

萬里奔騰終不羈

伯樂已逝汗血乾

終日弄蝶嘆昔時

소요

칼날 같고 질풍 같던 기세 천하에 짝할 것이 없네.

만 리를 내달리고 뛰어오르며 끝내 굴레에 매이지 않았어라.

백락이 떠나고 피땀은 말라버리니

온종일 나비나 희롱하고 옛 시절을 그리워하며 탄식하네.

日暮

萬古黃河東逝水

衆魚競溯躍龍門

心急屈子防羲和

道遠伍胥嘆黃昏

一去一返何必恨

月下謫仙還舉樽

해가 저물다

만고의 세월 황하는 동쪽으로 흘러가건만

뭇 물고기들 다투어 거슬러 올라가 용문으로 뛰어오르려 하네.

마음이 조급하여 굴원은 태양 수레를 막아섰고

갈 길이 멀다 하여 오자서는 황혼을 탄식하였지.

하나가 떠나가면 하나가 돌아오니 한할 것이 무엇이랴

달빛 아래서 적선은 또다시 술잔을 든다네.

天外天

青風八極飛

黃河萬里踏

通暢乾坤開

地線相接闊

眼但畫一幅

智何容六合

片象挂空名

指月誰能答

하늘 밖의 하늘

청풍은 팔극으로 날고

황하는 만 리를 내닫는다

기세 좋게 뻗어나가 천지를 열어놓더니

지평선에서 서로 맞닿아 닫히는구나

눈이라는 것은 그림 한 폭을 그릴 뿐이니

앎이 어찌 육합을 담아낼 수 있으랴

한 조각의 상(象)에 빈 이름을 걸어놓았으니

달을 가리킨들 누가 능히 답할 수 있으리오

歲暮思

落日染天隈

遙途客自哀

豪吟唯有酒

瘦指不持杯

한 해가 저물어

떨어지는 해 하늘가를 물들이는데
아득한 길 위에 나그네 절로 애처롭네.
호기로이 읊기를 오직 술이 있을 뿐이라 하는데
여윈 손가락 잔을 버티지 못하는구나.

滿月夜

秋夜孤舉杯

空盤月獨輝

一身甘薄酒

妻檻感涕揮

만월의 밤

가을밤 홀로 술잔 드는데

빈 쟁반에 달만 유독 휘영청 밝구나.

이 한 몸이야 싱거운 술도 달게 마시네만

아내의 낡은 옷에 눈물짓네.

天分

私慾大志無分劃

一夜輾轉彼此同

千鈞火爐肝腦燃

萬丈荊棘心肺充

有耳不聽百鳴清

有目不見滿山紅

惟獨蒼天留知己

近來無傳一支風

하늘이 정한 분수

사사로운 욕심과 큰 뜻은 딱 잘라 가를 수 없는 것이니

밤새 뒤척이게 만드는 것은 이나 저나 같다네.

천 균의 화로가 간과 뇌를 불사르고

만 길로 뻗친 가시나무가 심폐 안을 가득 채운 것과 같지.

귀가 있어도 뭇 새들이 지저귀는 맑은 소리 들리지 않고

눈이 있어도 온 산을 가득 채운 붉은 꽃 보이지 않네.

그래도 푸른 하늘만은 지기로 남아 있었는데

요즘에는 바람 한 가닥 전해주지 않는구나.

戲黃耳

萬類調和自亂來

椒蘭滿山無一梧

當當鳳翼切依枝

天眞白狗大廳娛

강아지와 노닐며

만물의 조화가 어지러워지니

초란(椒蘭)이 산을 가득 채우고 오동나무 한 그루 없네.*

당당한 봉황의 날개 의지할 가지 하나가 절박한데

아무것도 모르는 하얀 강아지는 대청에서 노는구나.

---

* 椒蘭 : 초(楚)나라 대부 자초(子椒)와 초양왕(楚懷王)의 아우 사마(司馬)
  자란(子蘭)을 가리키며, 아첨하는 무리를 의미한다.

無題

寂寞中秋夜

書房執挈瓶

一無請杯友

黙顧北窓暝

무제

적막한 추석의 밤

아는 것도 없으면서 굳이 연구실에 붙어 있네.

잔을 권할 친구 하나 없는데

말없이 고개 돌리니 북창이 어둡구나.

白烟之友

孤客入深夜

對火仰長天

白影月下舞

何必伯牙絃

흰 연기의 벗

외로운 객 깊은 밤에 들어
한 대 불붙이고 드넓은 하늘 올려다보네.
흰 그림자 달빛 아래 춤추노니
어찌 백아의 금 소리를 찾을 필요 있으랴.

詩魔二首 其一

詩家無礙居天下

萬里千年筆下奔

不料專心封妙鍵

山河滿目竟無言

시마 두 수 중 첫 번째 시

시인은 거리낌이 없어 천하에 거하니

만 리 천 년이 붓 아래서 내달리네.

어찌 알았으랴, 전일한 마음에는 빗장이 걸리나니

산하가 눈앞에 펼쳐져도 끝내 말이 없을 줄이야.

詩魔二首 其二

博閱典墳神尙縛

深沈冥寂語還虛

堅持投捨皆苦惱

當戒詩魔書裏居

시마 두 수 중 두 번째 시

옛 글을 널리 읽다 보면 신(神)은 오히려 속박되고

어둡고 고요함에 깊숙이 잠기자니 언어가 허해지네.

굳게 쥐건 내던져버리건 모두 괴로우니

마땅히 경계해야 하리니 시마(詩魔)는 책 속에 산다네.

斜陽有懷

終日依案勞

無功實負荊

識字猶迷妄

昔明今不明

顛沛反顧念

曲折多旅程

書足記名姓

豈本處書生

懷萬丈氣焰

志千里縱橫

命運流蕩蕩

圖遡緣已輕

翅折迷黑夜

山崖何崢嶸

曳爪忽百囀

爭文衆黃鶯

不留亦不去

誰聽無聲鳴

기울어가는 해를 보며 느낀 바를 쓰다

온종일 책상에 앉아 힘써본들
이룬 공이 없으니 실로 가시나무를 진 듯
글자는 알아가도 오히려 미망되니
전에는 알던 것도 지금은 알지 못하네.
자빠져서 돌이켜 생각해보자니
그 여정 곡절이 많구나.
글은 이름 석 자 적을 정도면 족하니
본디 서생을 자처하였던 것은 아니었지.
만장 기염을 품고는
천 리를 종횡하려 하였다.
운명의 흘러감은 거침이 없으니
거스르려 한들 인연이 이미 가벼워라.
날개는 꺾이어 검은 밤을 헤매는데
산과 절벽 어찌나 가파른지.
발톱을 끌다 홀연 수없이 많은 지저귐 들리는데
문양을 다투는 꾀꼬리들이로구나.
머물지도 떠나지도 못하는데
소리 없는 울음 그 누가 들어주랴.

心門

山河繡紅白

城裏獨寒飆

鐵甕只方尺

迎門何遠遙

마음의 문

산하는 홍백으로 수놓았는데

성안은 유독 차가운 바람 몰아치네.

철벽의 성 좁디좁건만

손님 맞는 길은 어찌 이리 멀고 먼지.

沙場点兵

應命投筆入軍營

四圍層巒爭崢嶸

一樹一巖先烈葬

教場雜亂烏合鳴

연병장에서 예비군 훈련을 받다

명을 받아 붓을 던지고 군영에 드니

사방의 겹겹 쌓인 산봉우리들 다투어 찌르듯 솟아 있네.

나무 하나 바위 하나가 선열들의 장지와 같건만

연병장은 요란하니 까마귀 무리 우짖는 소리뿐이로구나.

"川流不息, 淵澄取映(강물은 흐르매 쉼이 없고, 연못은 맑아 비치네)." 제가 평소에 공부하고 있는 대학원생 연구실에 걸려 있는 글귀입니다. 이는 배움에 있어서의 부단한 노력을 강조하는 말이라고 합니다. 저 자신이 말학(末學)으로서 앞으로도 공부할 것이 많이 남아 있기에 스스로를 권면하기에 좋은 말이라고 생각하여 앞의 두 글자를 취하여 이 책의 제목으로 삼았습니다. 더불어 한 줄기 한 줄기의 물결들이 여러 굽이를 거치면서 더해져 강물을 이루듯 그동안 마주쳤던 순간, 경치, 사람, 그리고 추억들을 어설프게나마 시로 써 모았기에, 그리고 시는 사람의 마음이 비치는 맑은 물과도 같지 않을까 하여 '川流'라는 이름에 나름의 의미가 있으리라고 생각합니다.

제가 이영주 선생님의 권유에 따라 자하시사(紫霞詩社)라는 모임에 들어 한시를 처음 써본 것은 2013년 여름입니다. 돌이켜보면, 한문으로 글을 써보기는커녕 하나하나의 한자조차 얼마 알지 못하던 저로서는 허황되고 무모한 도전이었습니다. 4년여가 지난 지금도 여전히 미숙하여 하고 싶은 말이 있어도 써내

지 못하기 일쑤입니다. 그럼에도 제가 몇 수 되지 않는 시를 모아 책으로 내고 싶은 것에는 두 가지의 이유가 있습니다. 첫 번째로 시가 소통의 장이 되어주었기 때문입니다. 일상에서는 부끄럽거나 유치해서, 혹은 오만하거나 무례해서 하지 못했던 말들, 마음속에만 담아두었던 이런 말들을 시에 띄워 보내는 것입니다. 그것은 읽어주는 이와의 대화가 될 수도 있고 스스로에게 말을 걸거나 귀를 기울이는 것일 수도 있을 것입니다. 저는 이 모두 좋은 소통의 기회이고 자신의 감정을 펴내고 다스릴 수 있는 즐거운 경험이라고 생각합니다. 두 번째 이유는 요즘 사회에서 한시를 조금이나마 편하게 생각하게 되었으면 좋겠다는 마음입니다. 많은 분들이 한시는 옛날 선비들이 짓던 어려운 것이라고 생각하시는 것 같습니다. 물론 쉽지 않은 부분도 있지만 누구나 생각하고 느낀 것들을 마음속에 품고 있고 그것을 멋지게 표현해낼 수 있는 순간을 맞닥뜨릴 때가 있다고 생각합니다. 이러한 이유에서 부끄럽지만 4년여의 기간 동안 모은 시들을 책으로 내보자고 결심하게 되었습니다.

이 책에 실린 시들은 근체시 25수(絕句 14수, 律詩 10수, 排律 1수), 고체시 21수로 총 46수입니다. 본래 시체별로 모아서 정리하려고 하였으나 각각의 형식에 걸맞은 미감을 잘 살려내지 못한 듯하여 큰 의미가 없다고 생각하였기에 주제별로 분류하였습니다. 첫 번째 시들은 몇몇 여행지를 다니거나 일상에서의 어떤 경관을 보고 느낀 점에 대하여 쓴 것들입니다. 두 번째는 주로 제가 좋아하는 옛 사람들에 대하여 쓴 시들입니다. 마지막은

앞으로의 삶과 그것에 대한 포부, 지향 혹은 좌절이나 고뇌 따위에 대해 쓴 것들입니다.

마지막으로 저에게 언어의 길을 크게 열어주신 이영주 교수님께 깊은 감사를 드리며, 미숙한 글임에도 출판을 허락해주신 푸른사상사의 한봉숙 대표님께 또한 진심으로 감사드립니다.

2017년 9월

이재혁 씀